FRITZ VON HERZMANOVSKY-ORLANDO

FRITZ VON HERZMANOVSKY-ORLANDO
BAND 8

ENTWÜRFE, SCHERENSCHNITTE
EXLIBRIS

VON DER KUNST SICH ZU VERZETTELN

Panther, Tiger, Möpse, Bullys, Elefanten, Nilpferde, Hummeln und alle Käfer liebte er; völlig klar, daß über seinem Leben irgendeine „Mopsbegnadung" liegen müsse. Für seine Freude an Prunk, Pracht und Behaglichkeit, dafür, daß Fritz von Herzmanovsky-Orlando die Schönheit geradezu anbetete, sei sein astrologisches Bild von Venus und Taurus verantwortlich. Eine verletzte Sonne mußte allerdings verursacht haben, daß der Thespiskarren dieses kleinen bescheidenen Erdendramas mitunter unharmonisch dahinging. Bereits 1936, als der sechzigjährige Schriftsteller und Zeichner Memoiren zu schreiben begann, war ihm klar, daß die Unvollkommenheit des menschlichen Charakters und das Weltgeschehen in den Händen unfähiger Gauner und Dilettanten seine Lebensgeschichte bestimmten. Die „Pneumatiks des Lebenswagens" waren wahrhaftig nicht gleichmäßig aufgepumpt. Der holperte dahin, von persönlichen Schicksalsschlägen, weltpolitischen Ereignissen, irrationalistischen Ideologien, politischem Opportunismus und beispielloser geschäftlicher Untüchtigkeit gerüttelt: der Nährboden für Herzmanovsky-Orlandos Abstrusianum.

Der „Sohn angesehener Eltern" „wuchs in den denkbar angenehmsten Verhältnissen auf, und alles deutete darauf hin, daß ihm ein geregeltes Leben bevorstünde, frei von Sorgen, von der bürgerlichen Achtung bemerkenswert überschattet": Seine Matura am Theresianum (1896), der seinerzeit exklusivsten Schule in Wien, bescheinigte eine fundierte humanistische Bildung. Ein abgeschlossenes Architekturstudium an der Wiener Technischen Hochschule (1903) ermöglichte die Eröffnung eines eigenen Architekturbüros (1905). Die Heirat mit einer vierzehn Jahre jüngeren, sehr schönen Frau (1911), die er „als ungemein wohlerzogenes Mädchen einem Haus voll englischer Steifheit weggenommen hatte", rundete seinen durch und durch soliden Lebensentwurf ab.

Als Fritz von Herzmanovsky ein halbes Jahr nach seiner Hochzeit an einem chronischen Nierenleiden erkrankte, durchkreuzte zum erstenmal eine „Elementargewalt" die Pläne des inzwischen Fünfunddreißigjährigen. Eine schmerzhafte Nierenbeckenentzündung, als deren Ursache sich schließlich eine Tuberkulose des gesamten Urogenitalapparates herausstellte, verurteilte zu vollkommener Schonung, langen Kuraufenthalten und schließlich einer definitiven Übersiedlung nach Meran (1915/16). Herzmanovsky mußte Wien, das Zentrum seines beruflichen und gesellschaftlichen Lebens verlassen und sich in die „erzwungene Einsiedeleistimmung" des Luftkurortes begeben.

Vom ursprünglichen Lebensentwurf blieb nicht mehr viel übrig: Der Architektenberuf wurde nach einer kurzen Übergangszeit an den Nagel gehängt; in den späteren Dokumenten liest man unter der Rubrik „Beruf" schlicht „benestante". Fritz von Herzmanovsky-Orlando konnte es sich leisten – gepolstert durch ein beträchtliches Familienvermögen –, den schönen Künsten zu leben. Die Kinderlosigkeit des Ehepaares könnte auch durch die Erkrankung verursacht worden sein.

Die schöpferische Begabung hatte Fritz von Herzmanovsky vermutlich von der Mutter geerbt, deren musische Neigungen durch einige naiv-biedermeierlich anmutende aquarellierte Zeichnungen überliefert sind. Louise von Herzmanovsky achtete mit Nachdruck darauf, daß ihr einziger Sohn besonders während der Ferienzeit Tagebuch führte und seine Malutensilien in die Sommerfrische mitnahm. In den überlieferten Niederschriften und Skizzen ist das künstlerische Talent des Kindes nicht zu übersehen.

Bereits der Dreizehnjährige frönte seiner Lust, „nämlich alte Häuser zu betrachten“. Während der Studienzeit entstanden zahlreiche Architekturskizzen, deren Üppigkeit in formalen Details in auffallendem Gegensatz zu den wenigen tatsächlich ausgeführten Häusern des Architekten steht. Als Praktikant im Büro des auf stilgemäße Renovierung alter Burgen und Schlösser spezialisierten Humbert Walcher von Moltheim entwarf Herzmanovsky manierierte Fresken für den St.-Urbani-Keller in Wien – die niemals ausgeführt wurden. Wichtige formale und inhaltliche Anregungen für seine altmeisterlichen Ambitionen holte sich der junge Herzmanovsky aus seiner ansehnlichen Kunstsammlung, die er gemeinsam mit ebenfalls vom Sammelvirus infizierten Freunden bei Antiquaren und vorwiegend auf Trödelmärkten erstanden hatte.

Alfred Kubin war es schließlich, der seinen Freund Fritz unermüdlich drängte, seine schöpferische Begabung weiterzubilden, ihn ermutigte, sich vom Terrain des Kopierens und oberflächlicher Gebrauchskunst wegzubewegen. Dies gelang Fritz von Herzmanovsky erstmals als Schriftsteller, als er in nur einwöchiger Arbeit seinen Roman „ Der Gaulschreck im Rosennetz“ in erster Fassung niederschrieb (1917). Bald darauf ging „ein Bombardement der sonderbarsten Ideen“ auf den Zeichner nieder, das eine reiche Ausbeute surrealistischer Bildideen bescherte. Das künstlerische Hauptwerk entstand bezeichnenderweise in den ersten Jahren nach der Übersiedlung nach Meran (1916-1920).

Die Situation des Isoliertseins, verstärkt durch die politischen Wirrnisse seiner Zeit, die den Brief- und Reiseverkehr beträchtlich erschwerten, konnte Fritz von Herzmanovsky-Orlando aber nie wirklich verwinden. Der Wunsch nach Anerkennung und Verwertbarkeit der eigenen Produktion, der in seinem ursprünglichen Lebensentwurf durchaus berücksichtigt war, blieb unbefriedigt. Neben der künstlerischen Arbeit begann eine unermüdliche wie erfolglose Suche nach Öffentlichkeit, für die Herzmanovsky-Orlando auch durchaus bereit war, einen hohen Preis zu zahlen. Politischer Opportunismus und künstlerische Kompromisse brachten jedoch kein Glück.

Eine überbordende Phantasie, die assoziativ eine Fülle an Details produzierte, überforderte die Praktiker: Verleger und Theaterleute zogen sich nach kurzer Euphorie über den „Zauberonkel aus Meran“ wieder zurück. Am Wiener Burgtheater etwa hatte Fritz von Herzmanovsky-Orlando einflußreiche Freunde und Fürsprecher gewonnen, die ihm die Bühnenausstattung zu George Bernard Shaws „Androklus und der Löwe“ übertragen hatten. Mit Begeisterung stürzte sich der Künstler in die Arbeit und überflutete seine Auftraggeber mit in kürzester Zeit zu Papier gebrachten Entwürfen zur Bühnenbild- und Kostümgestaltung. Auf die Kritik, daß viele der zwar bezaubernden

Ideen nicht realisierbar seien, reagierte Herzmanovsky-Orlando mit einem neuerlichen Schwung an Entwürfen. Schließlich zeigte er sich allerdings bereit, sein Konzept schmerzlich zusammenzustutzen. Das Projekt scheiterte an Zwistigkeiten innerhalb der Theaterleitung. „Androklus und der Löwe“ kam zwar auf die Bühne des Burgtheaters, nicht aber die Ausstattung Fritz von Herzmanovsky-Orlandos. Da hatte wohl wieder einmal die „Elementargewalt“ dazwischengefunkt. Wie so oft blieben ambitionierte (und in diesem Fall besonders liebevoll ausgeführte) Ideen im Entwurfsstadium stecken und scheiterten an der Realität.

Rückblickend zeigt dieser Vorgang des Sich-Verlierens in Details durchaus Methode. Es ist ein Arbeitsprinzip und auch ein Lebensstil, ständig in Reibung mit der Realität. Die unter dem enormen Aufwand eines ganzen Lebens entstandene „Schöpfung“ Fritz von Herzmanovsky-Orlandos besitzt gerade durch ihren Charakter des konsequent Fragmentarischen Qualitäten eines Gesamtkunstwerkes, aus dem die Einzelteile nicht ohne Schaden isoliert werden können. Das graphische und schriftstellerische Ouevre sowie die theoretisch-ideologischen „Forschungen“ – im Dienste einer Mystifizierung der eigenen, von unbefriedigten Wünschen überschatteten Existenz – hängen untrennbar zusammen. Sie wurden wiederum durch die herzmanovskysche Lebenspraxis erst ermöglicht. Auch wenn der Künstler für sich den Begriff des Gesamtkunstwerkes nicht verwendete, so strebte er ein solches wohl unbewußt an.

Susanna Goldberg

Die Zitate sind folgenden Texten Fritz von Herzmanovsky-Orlandos entnommen, veröffentlicht im Rahmen der Ausgabe *Sämtlicher Werke*, Bände I-X, Residenz Verlag, Salzburg/Wien 1983-1994: *Lebenserinnerungen* 1936, 1947, Band X, S. 14, 117. *Das Maskenspiel der Genien*, Band III, S. 9. *Tagebuch* 1892, Band X, S. 32. Briefe an Kubin vom 15. 4. 1917, 28 .5. 1919, Band VII, S. 171, 206.

Abbildung 1

Abbildung 2

Abbildung 3

Abbildung 4

Abbildung 5

Abbildung 6

Abbildung 7

Abbildung 8

Abbildung 9

Abbildung 10

Abbildung 11

Abbildung 12

Abbildung 13

Abbildung 14

Abbildung 15

Abbildung 16

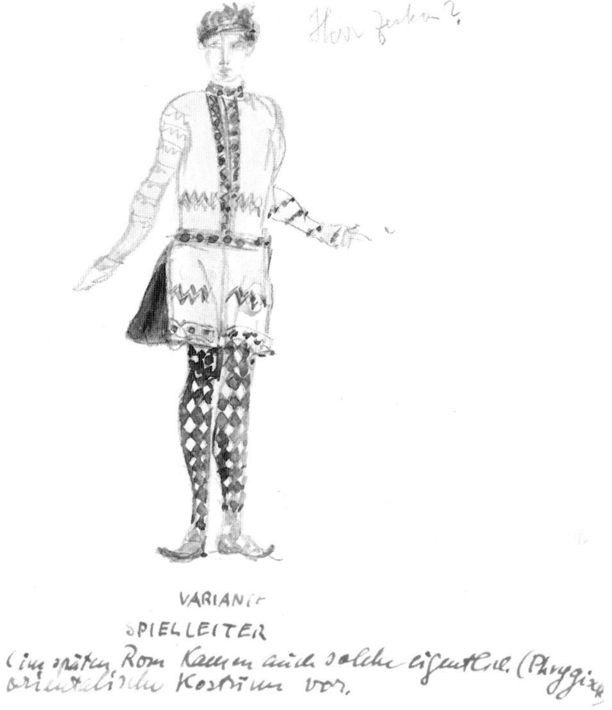

Abbildung 17

Abbildung 18

Abbildung 19

Abbildung 20

Abbildung 21

Abbildung 22

Abbildung 23

Abbildung 24

Abbildung 25

Abbildung 26

Abbildung 27

Abbildung 28

Abbildung 29

Abbildung 30

Abbildung 31

Abbildung 32

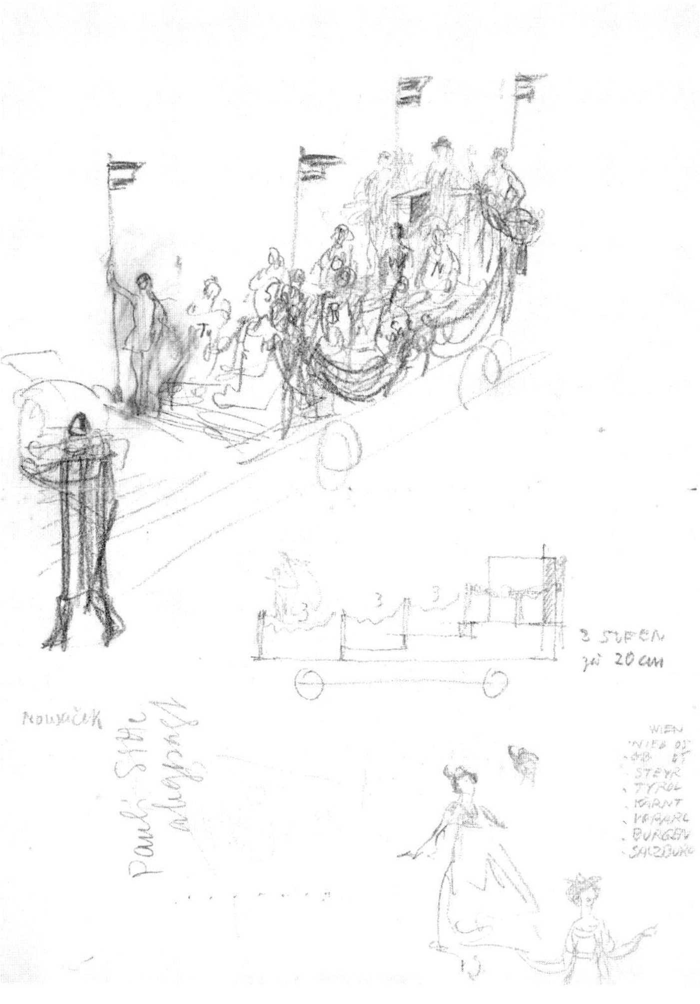

Abbildung 33

Abbildung 34

Abbildung 35

Abbildung 36

Abbildung 37

Abbildung 38

Abbildung 39

Abbildung 40

Abbildung 41

Abbildung 42

Abbildung 43

Abbildung 44

Abbildung 45

Abbildung 46

Abbildung 47

Abbildung 48

Abbildung 49

Abbildung 50

Abbildung 51

Abbildung 52

Abbildung 53

Abbildung 54

Abbildung 55

Abbildung 56

Abbildung 57

Abbildung 58

Abbildung 59

Abbildung 60

Abbildung 61

Abbildung 62

Abbildung 63

Abbildung 64

Abbildung 65

Abbildung 66

Abbildung 67

Abbildung 68

Abbildung 69

Abbildung 70

Abbildung 71

Abbildung 72

Abbildung 73

Abbildung 74

Abbildung 75

Abbildung 76

Abbildung 77

Abbildung 78

Abbildung 79

Abbildung 80

Abbildung 81

ABBILDUNGSVERZEICHNIS

ABB.	TECHNIK	BLATTFORMAT HxB	ANMERKUNG
1-18			zu: ANDROKLUS UND DER LÖWE (1930)
1	Bleistift, aquarelliert	34,4 x 24,8	Bühnenbildentwurf (Triumphbögen)
2	Bleistift u. Aquarell	14,5 x 20,2	Bühnenbildentwurf (Triumphbögen)
3	Bleistift, Buntstift, aquarelliert	15,5 x 19,2	Bühnenbildentwurf (Architektur)
4	Bleistift	34,5 x 20,6	Bühnenbildentwurf (Detail)
5	Bleistift	34,5 x 20,6	Bühnenbildentwurf (Detail)
6	Bleistift	21,4 x 27,1	Bühnenbildentwurf
7	Bleistift	22,2 x 28,3	Skizzenblatt zu Figurine
8	Bleistift	24 x 34,2	Skizzenblatt zu „Ausrufer und Bettler“
9	Bleistift	25,3 x 18,8	Skizzenblatt zu Figurine
10	Bleistift, Buntstift	12,5 x 23,2	Skizze zu Szenenentwurf „Löwenkäfigwagen“
11	Bleistift	22,2 x 28,2	Skizze zu div. Figurinen
12	Bleistift	21,2 x 27,1	Zwischenvorhang mit „Löwenkäfigwagen“
13	Bleistift, aquarelliert	34 x 21	Figurine „Secutor“
14	Bleistift, Kreide, aquarelliert	23,9 x 15,7	Figurine „Ochsentreiber“
15	Bleistift, aquarelliert	24,8 x 34,8	Figurine „Ferrovius, Retiarius, Spintho“
16	Bleistift, aquarelliert, gold	21 x 17,1	Figurine „Imperator“
17	Bleistift, aquarelliert	21 x 18,8	Figurine „Spielleiter“
18	Bleistift, aquarelliert	20 x 19	Figurine „Androklus, Megära“
19-26			zu Ballett: DAS BAJADERENOPFER (1927)
19	Bleistift, Buntstift	21,3 x 13,6	Kostüm der Opferpriesterin
20	Bleistift, Buntstift	21,3 x 13,6	Skizze Opferpriesterin
21	Bleistift	21 x 26,3	Skizze
22	Bleistift	21 x 34	Skizze
23	Bleistift	25 x 17,4	Skizze
24	Bleistift	20 x 13,8	„Tilly Losch, 1919 (Solotänzerin, Wr. Hofoper)“

ABB.	TECHNIK	BLATTFORMAT HxB	ANMERKUNG
25	Bleistift	20,1 x 11,1	„Tilly Losch, 1919 (Solotänzerin, Wr. Hofoper)“
26	Bleistift, aquarelliert, gold	31,7 x 23,6	„Tilly Losch, 1927 als Opferpriesterin“
27-28			ENTWÜRFE ZU FRESKEN FÜR URBANIKELLER, WIEN (1905)
27	Bleistift, Buntstift	32,5 x 23	Stiegenwand
28	Bleistift, aquarelliert, gold	24 x 36,2	Kellerwand
29-31			ENTWÜRFE FÜR NEUJAHRSKARTEN (1933)
29	Buntstift	14,8 x 9,1	„Glück“
30	Bleistift, Buntstift	14,8 x 9,1	„Gesundheit“
31	Buntstift	14,8 x 9,1	„Alle guten Genien ...“
32-33			GESTALTUNG DES ÖSTERREICHISCHEN FESTWAGENS FÜR MERANER MÄRCHENFESTZUG (1932)
32	Bleistift, Buntstift	34,7 x 24,7	Figurinen
33	Bleistift, Braunstift	34,7 x 24,7	Wagen
34	Aquarell	7,5 x 25,8	Jagdszene (Entwurf für Gobelin)
35-42			ENTWÜRFE VON TAROCKKARTEN
35	Bleistift	17,2 x 10,5	IX
36	Bleistift	16,7 x 9	XVII
37	Bleistift	19,3 x 9	IX
38	Bleistift	19 x 11,3	XVII
39	Bleistift	17 x 11,3	IV
40	Bleistift	17,7 x 9,1	XII
41	Bleistift	13,3 x 10,7	XX
42	Bleistift	13,3 x 10,7	XIII (Rückseite von Abb. 41)
43-47			VIGNETTEN
43	Bleistift	10,2 x 6	
44	Bleistift	9,3 x 6,2	

ABB.	TECHNIK	BLATTFORMAT HxB	ANMERKUNG
45	Bleistift	9,3 x 6,7	
46	Bleistift	6,4 x 10,7	
47	Bleistift	9,8 x 11,7	
48-66			SCHERENSCHNITTE
48	schwarz auf Papier	13,3 x 20,6	Familie Leon
49	schwarz auf orangem Papier	12,5 x 19,7	Der unfolgsame Hund 1
50	schwarz auf orangem Papier	12,5 x 19,7	Der unfolgsame Hund 2
51	schwarz auf Papier	14,5 x 8,1	
52	schwarz auf Papier	15,3 x 10,3	„Ferdinand I"
53	schwarz (nicht aufgeklebt)	8,5 x 6	Luise von Herzmanovsky (Mutter)
54	schwarz auf Papier	15,5 x 11,4	Johann N. ?
55	rot auf schwarzem Karton	7 x 9,5	Aus: „7 antike Szenen"
56	rot auf schwarzem Karton	9 x 16	Aus: „7 antike Szenen"
57	rot (nicht aufgeklebt)	5,3 x 8,6	antike Szene
58	rot (nicht aufgeklebt)	6 x 3,4	antike Szene
59	rot (nicht aufgeklebt)	11,4 x 8,6	antike Szene
60	schwarz auf Papier	3 x 3,8	Aus: „Die lieben Tiere"
61	schwarz auf Papier	4 x 5	Aus: „Die lieben Tiere"
62	gold auf schwarzem Karton	7 x 13	
63	weiß auf schwarzem Karton	9,3 x 9,5	Aus: „14 Jagd- u. Kampfszenen"
64	weiß auf schwarzem Karton	4,4 x 16	Aus: „14 Jagd- u. Kampfszenen"
65	weiß auf schwarzem Karton	8,3 x 11	Flucht der Heiligen Familie
66	weiß auf schwarzem Karton	7 x 9,5	
67-81			EXLIBRIS-ENTWÜRFE
67	Bleistift	14 x 6,3	Skizze für Exlibris
68	Bleistift	13,8 x 7,7	Exlibris: Dieterich
69	Bleistift	13,6 x 7,8	Exlibris

ABB.	TECHNIK	BLATTFORMAT HxB	ANMERKUNG
70	Bleistift	12 x 12,5	Skizzenblatt
71	Bleistift	12,5 x 5,5	Skizzenblatt
72	Bleistift	11,9 x 18,9	Skizzenblatt
73	Bleistift	10,5 x 12	Skizzenblatt
74	Bleistift	22,4 x 15,3	Exlibris: Stein
75	Bleistift	20,8 x 14,8	Exlibris: Stein
76	Bleistift, Buntstift, aquarelliert	15,2 x 14,3	Exlibris: Busatti
77	Feder, Tusche	19,5 x 9,2	Exlibris: Carmen Herzmanovsky (Gattin)
78	Feder, Tusche	21,8 x 11,3	Exlibris: Carmen Herzmanovsky (Gattin)
79	Bleistift	11,9 x 4,6	Exlibris
80	Bleistift	12 x 7,3	Exlibris
81	Feder, Tusche	11,2 x 9,5	Exlibris

FHO-DRUCKGRAPHIK

Mit Genehmigung der Alleinerbin des FHO-Nachlasses, Frau Irmingard Ziegler, wurde mit den in der Verlassenschaft befindlichen Holzstöcken und Radierplatten die Edition „FHO-Druckgraphik" gestaltet.

Die Radierungen wurden auf Zerkall-Kupferdruck-Bütten 340 g im Format 340 x 250 mm, die Holzschnitte auf Japan-Faserpapier (in Passepartout 340 x 250 mm) gedruckt. Die Graphiken sind numeriert und mit dem Stempel „FHO-Nachlaß", der im Forschungsinstitut „Brenner-Archiv" an der Universität Innsbruck aufbewahrt wird, versehen. Das dabei verwendete Monogramm geht auf einen Entwurf des Künstlers zurück:

Ausgabe A: Diese Kassette stellt eine Dokumentation des druckgraphischen Werkes des Künstlers dar und ist in erster Linie für öffentliche Sammlungen gedacht. 29 Radierungen und 15 Holzschnitte, Auflage 20 (1/20-20/20, 20/70, 20/100 bzw. 20/300).
Preis: öS 32.000,–

Ausgabe B: Von den wichtigsten Arbeiten wurde – sofern die Qualität der Platten einen Weiterdruck zuließ – eine Kassette für private Sammler zusammengestellt. 13 Radierungen und 14 Holzschnitte, Auflage 50 (21/70-70/70, 70/100 bzw. 70/300).
Preis: öS 20.000,–

Einzeln gelangen neben den im Abbildungsverzeichnis angegebenen Probeabzügen weitere 3 Radierungen (Nr. 29 - öS 1.200,–, Nr. 32 - öS 1.500,–, Nr. 33 - öS 1.200,– jeweils 71/100 - 100/100) sowie 2 Holzschnitte (Nr. 36 - öS 1.200,–, Nr. 42 - öS 1.400,– jeweils 71/100 - 100/100) und ein Holzschnitt (Nr. 34 - öS 1.500,– 71/300 - 300/300) zum Verkauf.

ERGÄNZUNG ZU DEN IN BAND 3 GEGEBENEN DATEN:

1. Neben den oben bzw. in Band 3 angeführten Auflagen wird festgehalten, daß im Rahmen der Edition der Galerie Rabe, Krems, 4 Kassetten der Ausgabe A als Werkstättenexemplare angefertigt wurden, die nicht für den Handel bestimmt sind.
2. Dem Herausgeber wurden inzwischen weitere 10 druckgraphische Arbeiten des Künstlers bekannt, von denen jedoch nur ein – zumeist schlechter – Abzug des Künstlers vorliegt, die Platten bzw. Holzstöcke sind verschollen. Somit sind neben den in Band 3 abgebildeten Druckgraphiken 41 weitere Arbeiten des Künstler erhalten geblieben.
3. Der Holzstock zu Abb. 47 ist aufgetaucht, ein Nachdruck in einer Auflage von 70 + 5 wurde veranlaßt.
4. Letztlich tauchten noch einige Probeabzüge von Holzschnitten in Farbe (rot, blau, grün und braun) auf, die von der FHO-Erbin veranlaßt wurden. Es kam jedoch zu keiner Auflage, da die Nutzungsrechte an die Galerie Rabe, Krems, abgetreten wurden.

FHO-BILDBÄNDE

BISHER ERSCHIENEN

Band	1	1893-1899	öS 250,–
	2	1900-1917	öS 250,–
	3	Druckgraphik	öS 250,–
	4	1918-1920 Zeichnungen	öS 250,–
	5	1918-1920 Skizzen	öS 250,–
	6	1921-1954	öS 250,–
	7	Zeichnungen und Skizzen zur eigenen Literatur	öS 350,–
	8	Entwürfe, Scherenschnitte, Exlibris	öS 350,–
Band	1-8-Vorzugsausgabe	A mit kleiner Originalzeichnung	öS 4.500,–
		B mit Holzschnitt Nr. 47	öS 3.000,–
Band	1-8 zusammen		öS 2.000,–

Mit dem vorliegenden Band 8 ist die mit der FHO-Erbin Irmingard Ziegler vereinbarte Publikation eines Querschnittes des graphischen Schaffens des Künstlers abgeschlossen.

Ich danke den privaten Leihgebern, insbesondere aber der Österreichischen Nationalbibliothek (Handschriften-, Autographen- und Nachlaß-Sammlung) für die Überlassung einiger Bühnenbildentwürfe und Figurinen zu G.B. Shaws Stück „Androklus und der Löwe" (Abb. Nr. 1, 2, 4 ,6, 7, 8, 9, 10, 13, 14, 15, 16), das FHO unter der Ära Anton Wildgans 1932 fürs Wiener Burgtheater hätte ausstatten sollen.

Manfred Kopriva

Holzschnitt Nr. 47
Auflage 70+5: öS 1.500,–

Herausgegeben von Manfred Kopriva, Krems, 1997
ISBN 3-900619-07-7